내려오는 모습

Descending Figure

내려오는 모습

루이즈 글릭 시집
정은귀 옮김

시공사

어머니 아버지를 위해

존을 위해

차
례

III. 비통한 노래들 Lamentations

I.

정원
The Garden

익사한 아이들

The Drowned Children

보세요, 그 애들은 판단력이 없어요.

그러니 물에 빠져 죽는 거, 당연한 일인지도,

우선 얼음이 아이들을 끌어들이고,

그 다음, 겨울 내내, 아이들 털목도리가

가라앉는 아이들 뒤에 떠다니고,

그러다 아이들이 조용해지네요.

그리고 연못은 겹겹의 어두운 팔로 아이들을 들어 올리네요.

죽음은 아이들에게 다르게 와야 하는데,

시작만큼이나 말이지요.

아이들은 늘 눈이 멀어 있었고

둥둥 떠다녔던 것 같아요. 그러니

나머지는 다 꿈으로 온 것 같아요, 그 램프도,

테이블과 아이들 몸을 덮었던

그 근사한 하얀 천도.

그래도 아이들은 자기 이름을 듣네요,

연못 위로 미끄러지는 유혹처럼;

뭘 기다리고 있는 거니,

집으로 와, 집으로 와, 시퍼런

가없는 물속에서 길을 잃었네.

정원

The Garden

1. *탄생의 두려움 The Fear of Birth*
소리 하나. 그리고 쉬익 윙윙하며
집들이 제자리로 미끄러지는 소리.
그리고 바람
결이 동물들의 육신 사이로 지나고—

하지만 건강하다는 걸로 만족 못 하는
나의 육신은—왜 다시 햇빛의 화음 속으로
튀어 올라야 하는지?

다시 똑같아질 것이다.
이 두려움, 이 내향성,
그러다 나는 그 들판으로 내몰리겠지,
무방비로
흙에서 빳빳하게 나오는 그 자그만 덤불로
뿌리의 뒤틀린 흔적을 따라가며,
심지어 튤립, 붉은 발톱으로.

그러다가 그 상실들이,
하나씩 차례로,

모두 감당할 수 있어.

2. *정원 The Garden*
그 정원은 너를 찬미하네.
너를 위해 정원은 녹색 염료로
장미들 황홀한 붉은 색으로 물든다,
그래서 너는 연인들과 함께 그리로 올 것이다.

그리고 버드나무들—
고요한 이런 녹색 텐트들을 정원이
어떻게 만들었는지 보라. 하지만
네게 필요한 것이 아직 있어서,
네 몸은 석조 동물들 사이에서 너무 보드랍고 너무 생생해.
그들처럼 되는 것이 끔찍하단 걸 인정하렴,
피해는 물론이고.

3. *사랑의 두려움 The Fear of Love*
말 잘 듣는 돌처럼 내 옆에 누워 있는 그 몸은—

눈을 뜨고 있는 것 같았어,
우리는 말을 할 수도 있었는데.

그때는 이미 겨울이었어.
낮에는 해가 불의 투구를 쓰고 떠올랐고
밤에도 달에 비치었지.
그 빛이 우리를 자유로이 통과했고,
우리는 눈 속에 누워 있는 것 같았어
눈 속에 얕게 파인 두 개의 자국 말고는
아무 그림자도 남기지 않으려는 듯.
과거가, 늘 그랬던 것처럼, 우리 앞에 펼쳐졌지,
고요하고, 복잡하고, 알 수 없이.

우리 얼마나 오래 거기 누워 있었더라,
깃털 망토 두르고 팔짱을 끼고,
신들이 우리가 만든 산에서
내려올 때까지?

4. 기원들 *Origins*

마치 목소리가 말하고 있는 것처럼
지금쯤은 너, 자야 하는데—
하지만 아무도 없었어. 또
대기도 어두워지지 않았지,
달은 이미 있었지만,
이미 대리석으로 가득 차서.

마치, 꽃으로 복작대는 정원에서,
어떤 목소리가 말한 듯
얼마나 따분한지, 이 금빛들은,
너무 낭랑하고, 자꾸만 되풀이되니
그러다 너는 눈을 감았지,
그들 사이에 누워서, 모두
더듬거리는 불꽃:

하지만 너는 잠들 수 없었어,
가련한 육신, 지구가
여전히 네게 달라붙어 있으니—

5. *매장의 두려움 The Fear of Burial*

아침이면, 텅 빈 들판에서,
육신은 호출되기를 기다린다.
넋은 그 옆, 작은 바위 위에 앉아 있고—
다시 형태를 갖추려고 오는 것은 없다.

육신의 외로움을 생각해 보라.
그림자로 주변을 단단히 묶고
한밤에 추수 끝난 들판을 질주할 때.
그토록 긴 여정.
멀리 있는, 마을의 떨리는 불빛들은 벌써,
행렬을 살피면서 잠시도 멈추지 않는다.
얼마나 멀리 있는 것 같은가,
식탁 위에 묵직하게 놓인
빵과 우유들, 나무 문들.

릴 미술관

Palais Des Arts

오래 잠자고 있던 사랑이 모습을 드러낸다:

정말로 갇혀 있던 그 커다란

고대하는 신들, 잔디밭 위에

앉아 있는 기둥들, 마치 완벽함이

불멸이 아니라 고정되어 있는 것 같아—그건

코미디야, 그녀는 생각한다,

그들이 마비되어 있는 건. 아니면 끼리끼리,

연못을 도는, 쌍쌍의 백조들 같다고; 그처럼 열정적인

절제는 소유를 의미하지. 그들은 말도 거의 안 한다.

다른 쪽 강둑에서는, 작은 소년이 빵 조각들을

물속으로 던지고 있다. 기념비가 물에 반사되어

잠깐 흔들리다가, 불빛에 부딪친다—

그녀는 그의 팔을 다시는 순수하게 만질 수 없다.

그들은 그걸 포기하고 시작해야 한다,

남자와 여자, 추진력과 아픔으로.

피에타

Pietà

그녀 피부의
긴장한 조직 밑에서, 그의 가슴이
움찔거렸다. 그녀는 귀를 기울였다,
그는 아버지가 없었기에.
그래서 그녀는 알았다
그가 그녀의 몸속에
머물고 싶어 한다는 걸,
울음 들끓고 거친
세상에서 멀찍이 떨어져,
하지만 이미 남자들이
그가 태어나는 걸
보려고 모여든다: 몰려와서
멀찍이서 경외하며
무릎을 꿇는다, 별이
비추어서 캄캄한 배경에도
지긋이 빛나는 그림 속
인물들 같다.

내려오는 모습

Descending Figure

1. 방랑자 The Wanderer
해질 무렵 나는 거리로 나갔다.
태양은 차가운 깃털 드리워진
납빛 하늘에 낮게 걸려 있었다.
이 공허에 대해
당신에게 편지를 쓸 수 있다면―
보도 연석을 따라, 한 무리의 아이들이
마른 이파리 속에서 놀고 있었다.
오래 전, 이 시간에, 어머니는
내 여동생을 안고, 잔디밭 가에 서 계셨다.
모두 다 떠났다; 나는 어두운 거리에서 언니와
놀고 있었다, 죽음이 그토록 외롭게 만든 언니.
밤마다 우리는 차양 내려진 현관문이
금빛 마그네틱 불빛으로 채워지는 걸 바라보았다.
언니는 왜 한 번도 불리지 않았을까?
가끔 나는 내 이름이 나를 스쳐 가게 내버려 두곤 했다
내 이름이 보호받기를 간절히 원했지만.

2. 아픈 아이―암스테르담 국립 미술관에서

The Sick Child―Rijksmuseum

작은 아이는

아프다, 막 깨어났다.

겨울이다, 앤트워프,

자정이 막 지났다. 나무 상자 위에,

별들이 빛난다.

아이는

어머니 품에서 쉬고 있다.

어머니는 깨어 있다;

어머니는 그 밝은 미술관을

빤히 쳐다본다.

봄이 되면 이 아이는 죽을 것이다.

그러면 그 아일 안는 것은

잘못이다, 잘못이다―

그 아일 혼자 놔두라,

기억 없는 채로, 나른 이들이

겁에 질려 깨어나 얼굴에서

어두운 물감을 긁어낸다.

3. 내 언니를 위하여 For My Sister

멀리서 내 언니가 아기 침대에서 움직이고 있다.
죽은 자들은 저렇다,
늘 맨 마지막에 조용해진다.

왜냐하면, 땅속에 아무리 오래 누워 있어도,
죽은 자들은 말하는 법을 배우지 못하고
나무 빗장들 계속 누르며 어정쩡하게 있기 때문이다,
너무 작아서 나뭇잎들이 죽은 자들을 누르고 있다.

내 언니가 목소리를 갖는다면,
이제 갈망의 울음이 시작될 게다.
내가 언니에게 가야 한다;
내가 아주 부드럽게 노래하면,
언니 피부는 너무 희고,
언니 머리는 검은 깃털로 덮이겠지……

추수감사절

Thanksgiving

과수원에 풀을 뜯으러 그들이 다시 왔다,
거절당할 것을 알면서도.
낙엽이 진다; 마른 땅 위에 바람이
낙엽 더미를 만들고, 바람이 파괴한 모든 걸
분류하고 있다.

움직이지 않는 것들은, 눈이 덮을 것이다.
눈은 그들을 폭로할 것이다; 그들의 발굽이
눈이 기억하는 무늬를 만든다.
텅 빈 들판에서, 그들은 소환된 사냥감으로
머물러 있다, 그들의 역할은
용서하지 않는 것. 그들은 기꺼이 죽을 수도 있다.
죽어 가는 질서 속에 그들은 자기 자리가 있다.

II.

거울
The Mirror

결혼 축가

Epithalamium

다른 이들이 있었다; 그들의 육신은
하나의 준비물.
그걸 나는 그렇게 보게 되었다.

울음의 강으로.
이 세상 너무 많은 고통―형태가 없는
육신의 슬픔, 그 언어는
갈망이라―

복도에는, 박스에 담긴 장미꽃들:
그게 뜻하는 것은

혼돈이다. 그리고 결혼이라는
그 끔찍한 자선이 시작된다,
남편과 아내가
노란 불빛 속에 푸른 언덕을 오른다,
그러다 언덕이 없어지고,
하늘에 가로막힌 평평한 평원만 남는다.

여기 내 손이 있잖아, 그가 말했다.

하지만 그건 오래 전 일이다.

여기 당신을 해치지 않을 내 손이 있잖아.

빛깔

Illuminations

1.

아들은 파란 방한복을 입고 눈 속에 쪼그리고 앉아 있다.
그 주위엔 온통 그루터기, 갈색의
쪼그라든 덤불. 아침 공기에
덤불들은 딱딱하게 굳어 낱말들이 되는 것 같다.
그 사이로 희고 고른 침묵이 흐른다.
굴뚝새 한 마리 문틀 아래
활주로에서 깡충거리고, 먹이를 찾아
콕콕 두드리다 작은 날개들 펴고
그림자들 드리운다.

2.

지난겨울, 그 아인 말을 잘 못했다.
나는 아이의 침대를 창 옆으로 옮겼다:
어두컴컴한 아침이면
아이는 일어서서 빗장을 움켜쥐곤 했다
그러다 벽이 나타나면
빛, 빛, 이라 불렀다,
한 음절에

요구 혹은 자각을 담아.

3.
사과 주스 한 잔 들고
그는 주방 창가에 앉아 있다.
그가 떠난 자리에 나무는 제각각 모습을 드러낸다,
이파리 다 떨구고, 그의 숨결에 갇힌 채.
그 가장자리가 얼마나 또렷한지,
움직임에 흐릿해진 나뭇가지 하나 없고,
언어의 지도 위로 차갑게 홀로
해가 떠오른다.

거울

The Mirror

거울 속 당신을 바라보며 나는 궁금해
너무 아름답다는 게 어떤 건지
또 당신은 왜 사랑을 하지 않고
당신 자신을 자르는지, 눈먼 사람처럼
면도를 하는지. 당신은 내가 바라보도록
놔두는 것 같아, 그래서 더욱 격렬하게
등을 홱 돌리네,
아무 망설임 없이 경멸하듯이
살을 어떻게 문지르는지 내게 보여 줘야 하니,
마침내 나는 당신을 똑바로 바라보네,
피 흘리는 한 남자로, 내가 열망하는
어떤 상(像)이 아니라.

초상화

Portrait

아이가 몸의 윤곽을 그린다.
자기가 할 수 있는 걸 그린다, 하지만 그건 온통 희고,
아이는 자기가 알고 있는 걸 거기 채울 수 없다.
도움 받지 못하는 선 안에서, 그녀는 안다
생명이 빠져 있음을 : 그녀가 한 배경에서
다른 배경을 잘라 냈으니. 아이처럼,
그녀는 엄마에게 도움을 청한다.

그리고 너는 그녀가 만든 공허함에 맞서서
심장을 그린다.

탱고

Tango

1.

이십 년 전
이런 저녁에:

우리는 테이블 아래 앉아 있다,
어른들의 손이
우리 머리를 토닥이고. 바깥,
거리에선,
전염성 있는 사투리.
　　　　기억나니
우리가 어떻게 춤췄는지? 떨어질 수 없이,
앞으로 뒤로 거실을 오가며,
아디오스 무차초스, 거울 위에서
움직이는 곤충처럼: 부러움도
춤이지; 상처 주고 싶은 욕구가
너를 너의 파트너에 묶어 두는 법.

2.

너는 아기 침대에서 몸부림쳤어,

그 오래된 반복을
돌고 도는 네 작은 입.
나는 침대 빗장 사이로 널 지켜보았어,
우리 둘 다
신나게 굶고 있다. 다른 방에선
엄마 아버지가 하나의
토템 같은 생명체로 결합해 있고:

이리 와, 그녀가 말했지. *엄마한테로 와.*
너는 일어섰지. 너는 뒤뚱뒤뚱 걸어갔지,
그 피할 수 없는 몸을 향해.

3.
어두운 판이 태양을 덮는다.
그리고 아버지들이 온다,
아버지들 긴 차들이 천천히 길을 따라 움직이며,
아이들과 헤어진다. 그리고
거리는 어둠에 잠긴다.

나머지는 다음과 같다: 마당에
공들여 가꾼 초록, 초록 실로 장식된
그 작은 정원들—

나무들 또한, 그림자가
파란 바퀴살이었다.

하지만 몇몇은 빛이 선택한다.
달이 그들을 잔인하게 자매같이 타 넘을 때
그들이 어떻게 흔들리는지.

나는 그들을 보곤 했다,
밤새도록 달의 중성적인 은빛에 취해
모습 흐릿해지고 허물어질 때까지…….

4.
인도받는다는 건 어떤 느낌이지?

나는 아무도 믿지 않았다. 내 이름은

편지 봉투에서 읽는
낯선 이의 이름 같았다.

하지만 내가 쓸 수도 있었을 어떤 것도
내게서 앗아 가진 않았다.
이번만큼은 그걸 인정한다.

홀에서는, 레코드의
열정적인 시작을 위해 포즈를 취하는,
다섯 살과 일곱 살.

너는 지평선 위 금빛 태양이었고.
나는 심판이었고, 내 그림자가
나를 앞질러 갔고, 흔들림 없이

하지만 다시 사용될지도 모를 주형처럼.
너의 맨발은
여자의 발이 되었지, 늘 두 가지를
동시에 말하며.

두 자매 중에서
한 명은 늘 감시자이고,
한 명은 춤추는 사람이다.

백조들

Swans

당신들 둘은 조용히, 바다를 내다보고 있다.

지금이 아니라; 몇 년 전이었다,

결혼하기 전.

바다 위 하늘은 초저녁의

신기한 옅은 복숭앗빛으로 바뀌었고

바다는 점점이 보트를 품고서

뒤로 물러났다: 당신의 몸도 그와 비슷했다.

하지만 그녀는 당신에게 얼굴을 들었다,

둔중한 파도에 맞서, 열정으로

단순해져서. 그래서 당신은 손을 들었고

뒤에서 꿈의 테두리 너머로

백조들은 물때가 낀 물에 살러 왔다.

바다는 수영장처럼 포근했다. 그 가장자리에서,

당신은 그녀를 마주하여 말했다

이것들을 당신이 간직하오. 수평선이

품고 있던 빛을 내뿜으며 불탔다.

그리고 내가 깨어났다. 그런데 여러 날 내가

당신 아내를 떠나는 당신을 상상하려고 했을 때 나는

당신 아내가 당신 선물 앞에서 꼼짝 않고 있는 걸 보았다:

백조들은 늘 태평양의 딱딱한 푸른 바다를

가로질러서 순하게 미끄러지듯이 나아가다가,

단 한 번의 파도에 날아오른다, 집어삼키는 새하얀 파도에.

밤의 조각

Night Piece

자기가 다치게 될 것을 그는 안다.
휴식은 그를 위협하기 때문에
어떤 징후들이 침대 속 그에게 온다: 수면 등으로
위장된 빛 속에서, 그는
자기 인생이 요약되어 있는 몸뚱이를 지키는 척한다.
그는 팔을 벌린다. 벽에는, 그와 똑같은 어떤 형상이
그가 통제할 수 없는 어둠과 그를 이어 준다.
그 형체들 속에서, 짐승들은 그의 적들이
누구인지를 만들어 낸다. 그는 그것들과 떨어져선
잠을 이룰 수가 없다.

1968년 포틀랜드

Portland, 1968

당신은 서 있다 바위들이 서 있듯이,
투명한 그리움의 파도로
바다가 도달하는 바위들;
바위들은, 끝내, 훼손된다;
멈춰 있는 것은 다 훼손된다.
그러다 바다가 승리한다,
거짓된 것, 매끄럽게 말하고
여성스러운 것이 다 승리하듯이.
뒤에서, 카메라 렌즈가
당신의 몸을 향해 열린다. 왜
당신은 돌아서야 하는지? 이런 건
중요하지 않다, 목격자가 누구인지,
당신이 누구를 위해 고통 받고 있는지,
당신이 누구를 위해 가만히 서 있는지는.

자기 그릇

Porcelain Bowl

사용하는 그릇은 아니다:
잔디 의자에, 여성의 몸과
비슷한 것이 가지런히 놓여 있다,
이 빛 속에서 나는
볼 수 없다 어떤 시간이 그녀에게 한 것을.
이파리 몇 떨어지고. 바람이 긴 풀을 가르며,
어디로도 가지 않는 길을 만든다. 그러면 손이
무심결에 올라가; 손은 그녀의 얼굴을 가로지른다
그토록 완벽하게 길 잃은 얼굴을—
        풀이 흔들린다,
마치 그런 움직임이 휴식의
한 측면인 듯.
        초록에
진주처럼 흰. 잔디에
세라믹 손.

갈망에 바치다

Dedication to Hunger

1. 교외에서 From the Suburbs
그들은 마당을 지나가고
뒷문에서
어머니는 기쁘게 바라본다,
아버지와 딸이 얼마나 닮았는지—
그 시절의 무언가를 나는 안다.
일부러 팔을 휘두르고,
티 나게 깔깔 웃는
그 어린 소녀:

그 소리는, 비밀로 해야 한다.
그건 그가 그녀를 절대 만지지 않는다는 걸
그녀가 안다는 걸 의미하기에.
그녀는 어린 아이라; 그가 원하기만 하면
그 아일 만질 수도 있을 텐데.

2. 할머니 Grandmother
"이따금 나는 창가에 서 있곤 했지—
네 할아버지는

그땐 젊은 청년이었어—
초저녁에, 그이를 기다리면서."

결혼이란 그런 것이다.
그 자그마한 형상이
그녀에게 다가가면서
남자로 변해 가는 걸 나는 바라본다,
마지막 빛이 그의 머리카락에 넘쳐흐른다.
그들의 행복을
나는 의심치 않는다. 젊은 청년의 갈망으로
그녀에게 그걸 가르친 걸 자랑스러워하며
그가 달려든다:
그의 키스는
분명 부드러웠을 게다—

물론이지, 물론이야. 그의 손이
그녀의 입을 막았을 것 같은 때만
빼고는.

3. 에로스 Eros

남자가 되는 건, 늘
여자에게로 가서
찢어진 살 속으로
받아들여져야 하는 일:

　　　　내 생각에
기억은 뒤섞이는 것이다.
아버지의 팔에 파고드는
그 소녀 아이는
아버지를 똑같이
두 번째로 사랑했다. 무얼 표현해야 할지
아무도 그 아이에게 알려 주지 않았다.
누구나 아는 표정이 하나 있다,
어쩐지 절망적인 입—

그 유대감은
증명될 수 없기 때문이다.

4. 일탈 The Deviation

어떤 여자애들에겐

그것은 조용히 시작된다:

죽음에 대한 두려움, 갈망에 헌신하는 걸

죽음의 형식으로 받아들이는 것,

여자의 몸은

무덤*이라서;* 어떤 것도

받아들일 것이다. 밤에

부드럽고 부차적인 가슴을 만지며

침대에 누워 있던 기억이 난다,

열다섯 살에,

팔다리가 꽃도 피지 않고

속이지도 않을 때까지

내가 희생시킬

그 성가신 살을 만지작거리며: 그때 느꼈지

이 낱말들을 가지런히 하면서, 지금 내가 느끼는 것을―

그것은 완벽해지려는 욕구다,

죽음은 이 욕구의 단순한 부산물일 뿐.

5. 신성한 대상들 Sacred Objects

오늘 들판에서 보았다

단단하고 활동적인 층층나무 싹들,

난 그것들을, 말하자면, 사로잡고 싶었다,

영원으로 만들고 싶었다. 그것은

포기의 약속이다: 아이는

이야기할 자아가 없어서,

거부 속에서 살아난다―

그 성과에 대해서라면 나는 좀 달랐다,

아래에 있는 육신을 신과 같이

드러내려는 그런 힘에 있어서는,

신이 하는 행동은

자연 세계에선 맞먹는 것이 없기에.

행복

Happiness

한 남자와 한 여자가 하얀 침대에 누워 있다.
아침이다. 나는 생각한다,
곧 그들은 깨어날 것이다.
침대 옆 탁자에
백합 꽃병이 하나 있다; 백합 꽃잎 속에
햇살이 고여 있다.
남자가 여자에게 돌아눕는 걸 나는 본다,
마치 이름을 부를 것 같다, 하지만
입 속 깊숙이 고요하게 부를 것 같다—
창문 선반에,
한 번, 두 번,
새가 지저귄다.
그러다 그녀가 몸을 뒤척인다; 그녀 몸이
그의 숨결로 가득 찬다.

나는 눈을 뜬다; 당신이 나를 보고 있다.
이 방 가득
해가 미끄러지듯 지난다.
네 얼굴 좀 봐 봐, 당신이 말하며,
얼굴을 내게 바싹 들이밀어

거울을 만든다.
당신은 얼마나 고요한지. 불타는 바퀴가
우리를 부드러이 지난다.

III.

비통한 노래들
Lamentations

가을의

Autumnal

공적인 슬픔, 이파리가

낡아챈 금빛, 떨어져 내리고,

예정된 나락 불태우기:

드디어 해냈다. 호숫가에서,

금속 통에 불길이 가득하다.

그렇게 쓰레기는

아름다움으로 승화된다. 흩어져 있는 망자들이

질서라는 강렬한 비전으로 합쳐진다.

결국엔, 모든 것이 벌거벗는다.

받아들이는 차가운 대지 위로

나무들이 휘어진다. 그 너머로,

호수가 빛난다, 평온하고, 안정적인

천상의 푸른빛을 돌려주면서.

       그 낱말은

*견디다*이다: 너는 주고 또 준다, 너는 너를

아이 안으로 모조리 비워 낸다. 그리고 너는

그 자동 상실에서 살아남는다. 비인간적인 풍경 속에,

나무는 슬픔을 위한 모습으로 남고; 그 형태는

강제 수용이다. 무덤에서,

수그리고 있는 이는 여자다, 그치?

그녀 옆에는 아무 쓸모없는 줄기가.

새벽 노래

Aubade

오늘 갈매기 울음소리 위로

나는 당신이 나를 다시 깨우는 소리를 들었다

도시 위를 아주 이상하게

날고 있는 그 새를 보라고,

멈추고 싶어 하지

않고, 바다의 그

푸른 폐허를 원하는—

이제 그 새는 교외를 스쳐 지난다,

새 뒤로는 맹렬한 정오의 빛:

나는 새의 갈망을 느낀다,

내 안에 있는 당신 손처럼,

어떤 외침

너무 흔하고, 제멋대로인—

우리의 외침도

다르지 않았다. 우리의 외침은

지치지 않는 육신의

욕구에서 솟구쳤다,

돌아가고픈 소망을 가다듬으며:
잿빛 새벽, 떠날 채비가
안 된 우리의 옷.

아프로디테

Aphrodite

바위로 변한 여성은
이런 이점이 있다:
그녀는 항구를 지배한다.
마침내, 남자들이 나타난다,
툭 트인 것에 지쳐서.
남자들 느낌으론, 하나의 이야기가
그렇게 끝이 난다. 처음에는
갈망. 끝에 가선, 기쁨.
중간엔, 지루함.

시간이 지나면, 젊은 아내는
자연스레 단단해진다. 상상으로,
그녀 옆에서 떠나와 떠돌면서
남자는 고된 종이 아니라
그가 투영하는 여신에게 돌아간다.

언덕 위에선, 팔 없는 형상이
그 체납된 배를 반기고 있다,
그녀 허벅지가 시멘트로 굳어지면서,
바위 속에 그 결함을 박아 버린다.

장밋빛

Rosy

여행 가방 갖고 당신이 걸어 들어왔을 때, 문은
열어 둔 채, 그래서 밤이 당신 뒤 검은 광장에
못대가리 같은 작은 별들과 함께
드러났을 때, 난 당신에게 말해 주고 싶었어,
당신이 원래부터 세 발만 있는 채로 당신한테 온
개 같았다고: 이제 그녀는 다시 누구의 것도
아니기에, 그녀는 왕래를 하며 더 오래가는
관계를 추구한다. 고통 속에서 자신을 상처 입히듯
차가운 성질이라서 그녀는 치유되지 않을 것이다.
그녀는 친절로 받아들여지는 과거다,
젖은 거리를 더 좋아한다: 죽음이 주장하는 것
그것은 포기하지 않는다.
알겠지요, 그 동물은 내게 아무 의미가 없다는 걸.

애도의 꿈

The Dream of Mourning

내가 잠을 자야 당신이 살 수 있을 거예요,
그건 그렇게나 간단한 일.
꿈 자체는 아무것도 아니에요.
꿈은 당신이 통제하는 질병이지,
그 이상은 아닙니다.

여름 황혼에 나는 당신에게 달려가네요,
실제 세계가 아니라, 당신이 기다리는
묻혀 있는 세계에서,
바람이 만을 넘나들며 장난을 치고,
얇은 공포의 능선을 강요하네요—

그리고 아침이 오면, 먹이를 요구하네요.
기억나요? 그러면 세상은 순응합니다.

지난밤은 달랐어요.
누군가가 나를 깨웠어요; 눈을 떴을 땐
끝나 있었어요, 내 삶을
알려 주던 모든 욕구가 사라져 버렸어요.
잠시 동안 나는 믿었지요, 지구의

차분한 어둠 속으로 내가 들어가고 있다고
또 생각했지요, 그게 나를 잡고 있으리라고.

선물

The Gift

주여, 다른 사람을 대신해서 말하는 저를
당신은 알아보지 못하실지 몰라요.
저는 아들이 있어요. 그 아인
너무 작고, 너무 뭘 몰라요.
그 아인 스크린 도어에 서서
언어에 진입하며, *멍멍, 쮸쮸,*
부르는 걸 좋아해요, 가끔은
개 한 마리가 그 길에 다가올
지도 몰라요, 아마도
우연히. 개는 이게
우연이 아니라고 믿을까요?
스크린에서
당신의 특사, 사랑의 이름으로
오는 동물을 환영하며.

산산이 부서지는 세계

World Breaking Apart

나는 그 불모의 눈 너머를 바라본다.
하얀 자작나무 아래, 외바퀴 손수레 하나.
그 뒤에 울타리는 수리되었다. 피크닉 테이블 위에,
산처럼 쌓인 눈, 그릇에 담긴 게 뒤집힌 듯
바람이 돔 모양을 만들었다. 바람은,
건설하려는 충동이 있다. 내 손가락 아래,
네모난 흰색 자판들에, 각각 문자가
하나씩 찍혀 있다. 나는 믿었다
마음이 산산이 부서져서 그걸
꼼꼼히 살펴볼 수 있었다고: 나무들, 그릇에 담긴 푸른 자두,
나무 조각 잇댄 테이블을 가로질러 아내의
손을 잡는, 그리고 그 몸짓에 마치 유언이라도
담긴 듯 조용히 손을 덮어 주는 남자를.
나는 그들이 분리되는 걸 보았다, 유약 바른 점토가
끝없이 쪼개어지고, 영원히 빛나는 불균등한 입자들로
흩어지는 것을. 나는 그걸 이렇게 바라보는 상상을 했지,
여름 저녁에 우리가 별들을 바라보듯이,
내 손을 당신 가슴에 얹고, 강물의 차가움을
품은 와인도 함께 그런 빛은 없다.
그리고 고통, 그 자유로운 손은, 아무것도 못 바꾼다.

겨울바람처럼, 그것은 눈 속에
안착된 형태들을 남긴다. 다 아는, 알아볼 수 있는—
다만 아무 쓸모가 없을 뿐.

귀환

The Return

처음에 당신이 떠났을 때
나는 겁이 났어; 그때
한 소년이 길거리에서 나를 만졌지,
그 아이 눈이 내 눈과 비슷했어,
비통하고 맑았지: 내가
그 아일 불렀지; 내가 그 애한테 말했어
우리의 언어로,
하지만 그의 손은 당신 손이었고,
너무 부드럽게 죽일 듯한 주장을 했지—
당신들 중 누구를 내가 불렀는지는
그때 하나도 중요하지 않았어,
상처가 너무 깊었으니까.

애가(哀歌)

Lamentations

1. 로고스 The Logos
그들은 둘 다 가만히 있었다,
여자는 슬퍼하고, 남자는
여자의 몸속에 들어갔다.

하지만 신은 지켜보고— 있었다.
그들은 신의 금빛 눈에 어른어른
풍경 속 꽃들이 비치는 걸 느꼈다.

그가 원하는 게 뭔지 누가 알까?
그는 신이면서, 괴물이었다.
그렇게 그들은 기다렸다. 세상은
광채로 가득차서,
마치 그가 이해받고 싶어 하는 것처럼.

저 멀리, 그가 만든 공허 속에서
그는 천사들에게로 향했다.

2. 야상곡 Nocturne
숲이 땅에서 솟아올랐다.
아, 딱하군, 하느님의 열렬한 사랑이
너무 절실해―

그들은, 똑같이, 짐승이었다.
그들은 그가 방치한
변함없는 황혼에 누웠다;
언덕에서 늑대들이 왔다,
그들의 인간적 온기에
그들의 공포에
기계적으로 끌려서.

그러다 천사들은 보았다
그분께서 그들을 어떻게 나누는지:
남자와 여자, 그리고 여자의 몸.

휘몰아치는 갈대 위로, 나뭇잎들이
은빛의 느린 신음을 놓아주고 있었다.

3. 계약 *The Covenant*

겁이 나서, 그들은 지낼 곳을 만들었다.
하지만 아이가 그들 사이에서 자라났다
그들이 잠을 잘 때, 그들이
먹고 사느라 애쓸 때.

그들은 나뭇잎 더미 위에 아이를 올려놓았다,
동물의 깨끗한 피부에 감싸인
버려진 그 작은 몸뚱이. 검은 하늘에 드리워진
거대한 빛의 논쟁을 그들은 보았다.

때로 아이는 깨어났다. 아이가 손을 뻗치자
그들은 자기들이 엄마와 아빠임을 알게 되었다,
그들 위에 어떤 권위도 없었다.

4. 빈 터 *The Clearing*

이윽고, 여러 해에 걸쳐,
그들의 몸에서 털이 사라지고
마침내 밝은 빛 속에 서게 되자

서로 낯설기만 했다.
이전과 같은 것은 하나도 없었다.
익숙한 것을 찾는 그들의 손은,
떨렸다.

아무도 그 희디 흰 살에서
눈을 떼지 못했다,
페이지의 낱말처럼
상처들이 그 위에 또렷이 드러났으니.

무의미한 갈색들과 녹색들에서
마침내 하느님이 일어섰으니, 그분 커다란 그림자가
그분 자녀들의 잠든 몸에 컴컴히 드리워지고,
그분은 천상으로 뛰어올랐다.

분명, 너무너무 아름다웠을 거야,
그 처음에,
하늘에서 바라보는 지구.

내려오는 모습

초판 1쇄 인쇄일 2023년 10월 31일
초판 1쇄 발행일 2023년 11월 8일

지은이 루이즈 글릭
옮긴이 정은귀

발행인 윤호권
사업총괄 정유한

편집 구민준 **디자인** 김효정 **마케팅** 정재영 명인수 윤아림 김솔희 이아연 김진규
발행처 ㈜시공사 **주소** 서울시 성동구 상원1길 22, 7-8층(우편번호 04779)
대표전화 02-3486-6877 **팩스(주문)** 02-585-1755
홈페이지 www.sigongsa.com / www.sigongjunior.com

글 ⓒ루이즈 글릭, 2023

ISBN 979-11-7125-165-0 03840

*시공사는 시공간을 넘는 무한한 콘텐츠 세상을 만듭니다.
*시공사는 더 나은 내일을 함께 만들 여러분의 소중한 의견을 기다립니다.
*잘못 만들어진 책은 구입하신 곳에서 바꾸어 드립니다.

시공사에서 만나는
루이즈 글릭 시집들

만이

루이즈 글릭
데뷔작

습지 위의 집

문단의 찬사를 받은
두 번째 시집

아킬레우스의 승리

전미 비평가상

아라라트 산

글릭의 시선으로 맞춰지는
세계의 균형

야생 붓꽃

퓰리처상

목초지

가족 안에서 경험하는
감정의 파고

"꾸밈없는 아름다움으로 개인의 존재를 보편화하는
분명한 시적 목소리를 낸 작가."
_ 한림원

새로운 생

계속 나아가려는 강인함이
드러나는 시집

일곱 시대

자신의 죽음을 정면에서
바라보는 시집

아베르노

PEN
뉴잉글랜드상

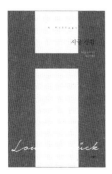

시골 생활

비관과 기쁨을 오가는
삶을 이야기한 시집

신실하고 고결한 밤

전미도서상

협동 농장의 겨울 요리법

노벨문학상 이후
첫 시집

내려오는 모습

D e s c e n d i n g   F i g u r e

내려오는 모습

옮긴이의 말 사이와 차이: '내림차순'과 '하강하는 형상, 그리고'
'내려오는 모습_정은귀

시공사

사이와 차이: '내림차순'과
'하강하는 형상, 그리고'
'내려오는 모습'

정은귀

1980년에 나온 글릭의 세 번째 시집이다. 영어로는 세 번째지만, 한글 번역으로는 여덟 번째 시집이다. 글릭이 노벨문학상을 탄 이후, 한국의 독자들에게 글릭을 잘 알리기 위해서 글릭의 대표 시집들, 가령 퓰리처상을 탄 《야생 붓꽃》과 《아베르노》를 비롯해서 비평가들과 시인 자신이 좋아하는 시집부터 번역을 했기에 원래 시집과 번역 시집의 순서가 다르다. 역자로서는 글릭의 시집을 첫 시작부터 찬찬히 들여다보고 싶은 마음이 없었던 것은 아니다.

　하지만 순서를 다르게 번역을 하면서 오히려 앞뒤로 오가며 시인의 탄생과 성장과 변화를 다채롭게 들여다볼 수 있어서 의미 있는 작업이었다. 모든 일이 직선적인 시간 순으로 흐르고 이루어지는 것은 아니기에 앞으로 갔다 뒤로 갔다 생물학적으로는 제법 차이가 나는 시인의 늙음과 젊음이 시에서는 어떻게 다르게 변주되는지를 들여다보는 작업이 재미있었다. 독자들이 글릭의 시집 열세 권을 한꺼번에 나열하고 볼 수 있는 벅찬 시간이 온다면—아마 곧 그리 되겠지만—독자들은 알게 될 것이다. 젊은 날의 시집이 가장 젊은 것이 아니고, 늙은 날의 시집이 가장 노회한 것이 아님을.

　이 시집은 마지막까지 제목을 두고 가장 고심했다. 원제는 'Descending Figure'로 이 글의 제목에서 나열한 세 가지 번역이 다 가능하다. 'figure'는 숫자, 인물, 어떤 형상, 도표, 도형 등을 가리키는 말, 어떤 비평가는 음악 용어로 '내림차순'을 쓰기도 하지만 글릭은 이를 언급하면서 신화적 여정의 의미에 방점이 있음을 분명히 한다. '내림차순'으로 해석한 인터뷰어는 폴 사이먼(Paul Simon)이다. 그는 작곡을 하는 사람이라 작곡 기법을 의식해 내림차순으로 해석했지만, 막상 시인 글릭은 그보다는 넋이나 영혼이 다른 세상에서 오는 여정을 폭넓게 함의한다고 밝힌다. 이런 고백 또한 앤 더글러스(Ann

Douglas)와의 인터뷰에서 나온 말인데, 다른 세상에서 넋이 돌아오는 것은 이야기를 하기 위함이라고. 그 말을 하면서 시인은 "내 시는 "수직적인 시(vertical poems)"라고 단언한다. 그러고 보니 글릭 시에서 이야기를 하기 위해서 어떻게든 죽음을 살고 죽음을 견디다가 다시 이 세상으로 돌아오는 넋이 얼마나 많은가, 인간만이 아닌 수많은 존재의 귀환들로 아우성인 이 세상.

글릭의 시를 애정을 갖고 진득하게 읽어 보신 분들은 지금쯤 수긍하겠지만, 글릭은 매우 논리적이면서 단호한 시인이다. 그래서 나는 인터뷰에서 굳이 앞선 인터뷰어의 의견을 수정하는 시인의 단호한 목소리에 고개를 끄덕인다. 글릭의 이 시집을 연구 논문 등에서 소개할 때, 사이먼의 인터뷰를 읽은 학자라면 '내림차순'에 방점을 두어 생각하겠지만, 이 번역이 영 불가능한 번역은 아니라 하더라도 시인의 의견을 존중하는 게 맞겠다 싶다.

그 다음에는 '하강하는 형상'이라고 할지, '내려오는 사람'이라고 할지, '내려오는 모습'이라고 할지가 고민되었다. 여러 선택지 중에서 '하강하는 형상'이라고 하지 않은 이유는 이 제목이 끌리긴 했으나 이렇게 하면 하느님이나 신과 같은 특별한 존재가 먼저 상상이 되기 때문이다. 글릭의 시 세계 전반에 자주 등장하는 신화 체계와 지금 현실의 수많은 접점에는 하느님도 있고, 신도 있고, 신화 속 인물들도 있다. 부모님도 있고, 언니도 있고, 동생도 있고, 아들도 있고, 남편도 있다. 꽃도 있고 잡초도 있고 바람도 있다. 이 수많은 등장인물 중에 시인의 마음이 어디에 닿아 있을까를 생각해 보았다.

그렇게 생각하니 이 세상의 비참을 구하기 위해 내려와 현현(顯現)하신 어떤 큰 존재, 하느님이나 신보다는 글릭이 되살리는 목소리는 수많은 사람들, 특히나 작은 존재들, 작은 신들의 몸부림이라는 생각이 떠나지 않는다. 망각에서 돌아오는 존재들, 어떻게든 말을 하려고, 잊히지 않으려고 이 세상에 귀환하는 존재는 사람에만 국한되지는 않을 것이다. 글릭이 《야생 붓꽃》의 세계에서 그리고 있는 것처럼, 겨울 내내 언 땅에서 갇혀 있다 봄이 되면 피어나는 꽃들처럼 말이다.

글릭의 시를 읽는 일은, 수많은 크고 작은 존재들은 목소리를 다시 읽는 일이다. 첫 시집 《맏이》와 두 번째 시집 《습지 위의 집》이 사랑과 혼인, 출산 등을 둘러싸고 젊은 글릭의 영혼에 아로새겨진 아픔과 기쁨을 주로 이야기했다면, 이 세 번째 시집부터는 신화의 세계의 현실적 변주가 더욱 두드러진다. 제목에 대한 번역 이야기를 하는 김에 재밌는 얘기를 조금 더 이어 보면, 나로서는 잘 만든 제목으로 시작되는 첫 시집 《맏이》의 경우 시인은 처음에 다른 제목을 생각했다 한다. 글릭은 그 시집에서 특별히 아끼는 시 〈낸터킷에서 죽음을 딛고 경이롭게 살아남은 이들〉을 제목으로 하고 싶었는데, 너무 길어서 시집의 다른 시 〈게임〉으로 부르다가 나중에 우연히 식구들이랑 이야기하는 자리에서 여동생이 〈맏이〉 시가 좋다고 해서 그걸 제목으로 삼았다 한다. 첫 시집을 출간할 때 엄청나게 많은 출판사의 문을 두드렸다는 이야기를 나는 《맏이》의 역자 후기에 썼다. 그걸 기억하는 독자라면, 시집은 때로 참 알 수 없는 방식으로 운명이 정해지고 태어난다는 걸 아실 것이다. 사람처럼.

두 번째 시집 《습지 위의 집》은 시인이 집과 습지 이야기를 하고 싶어 했던 갈망 속에서 탄생한 시집이다. 다채로운 색깔이 섞여 들어간 환한 풍경화처럼, 또 시인이 성장한 뉴욕 주 롱아일랜드에서 기차를 타고 가면 볼 수 있는 푸릇한 습지처럼, 두 번째 시집은 젊음이 통과하는 기쁨과 슬픔과 환희의 시간을 오밀조밀하게 그려 볼 수 있다. 시인이 몰두했던 것은 바로 그 집이란 것이, 가정을 일구어 나가는 물리적인 공간으로서 그렇게나 소중하고 애틋한 집이란 것이 바로 습지를 메꾼 매립지 위에 만들어진 거라는 사실. 시인은 롱 아일랜드의 물리적인 지형 위에서 그렇게나 안정적인 공간이 그렇게나 불안정한 토대 위에서 만들어지는 거라는 걸 시로 응시하고 싶었던 거다.

그래서 두 번째 시집을 번역할 때, 나는 '습지' 대신 '늪지 위의 집'이라고 하고 싶어서 마지막까지 그 선택지를 두고 만지작거렸다. 하지만 마지막 단계에서 나는 번역가로서 좀 한 김 식힌(영어로는 cooled down) 선택을 했다. '늪지'라고 할 때는 집의 토대로서 땅이 갖는 불안정성이 지나치게 강조되는 것 같고, 무엇보다 미국적 풍경에서 개간하여 집을 짓는 공간은 '늪지'보다는 '습지'가 더 자연스럽다는 판단에서였다. 또 두 번째 시집의 전반적인 풍경이 위태로움보다는 다사로움이 더 컸다는 것도 '늪지'가 아닌 '습지'로 되돌린 이유 중 하나이기도 하다. 지난 해, 2021년 여름에 글릭이 태어나고 자란 롱 아일랜드에서 한 달 지내면서 나는 매일 기차를 타고 그 습지를 지나다녔는데, 역시나 늪지보다는 습지가 더 적절하다는 생각이 들어서, 아, 다행이다, 안도했던 기억도 있다.

이런 이야기를 하다 보니, 번역가의 운명은 어쩌면 시인보다 존재론적으로 더 어렵다는 생각이 든다. 텍스트를 헤맬 대로 헤매 다니고, 시의 속살까지 들여다보며 고민하다가, 시인의 한 마디에 또 마음 흔들리고, 온갖 지식과 경험과 감각을 총동원하여 읽어 내고 표현하는 일. 그래서 내가 번역을 두고 이야기할 때, 어떤 경우는 시인보다 더 많이 고민해야 한다고, 그게 번역가의 운명이라고 하는 것도 과장은 아닐 것이다.

첫 시집 《맏이》가 1968년에 나오고, 두 번째 시집 《습지 위의 집》이 1975년에 나오고, 세 번째 시집 《내려오는 모습》은 1980년에 나온다. 흔히 시인이 시집을 묶고 난 이후에 새로 시를 쓰면서 시집을 새로 묶는다고 생각하겠지만 시인들의 작업은 그렇게 일직선으로 이루어지는 것은 아니어서, 세 번째 시집에 실린 시들 중 많은 부분은 《습지 위의 집》을 묶을 1974년에 썼다고 한다. 시인은 역시나, 오르페우스처럼 다른 세계에서 이 세계로 건너는 존재들, 말을 하기 위해 오는 넋을 생각했다고 하는데. 이 수직의 목소리를 시인은 "열망하면서 또 파고드는" 목소리라고 표현한다. 그러니까 글릭에게는 천상에서 이 세계로 내려오는 움직임이 지하에서 지상으로 올라오는 움직임이기도 하고, 사유의 작용으로 치면 끝없이 뚫고 들어가는, 즉 '파고드는'(delve into) 집요한 흔적이기도 한 것이다.

이번 시집에서 다른 세계에서 말을 건네는 시의 목소리들은 그래서 어떤 위대한 존재가 세상을 구원하기 위해 '하강하는 형상'이라기보다는 작은 움직임들로써의 안간힘과 보챔이 뒤섞인 넋들의 합창으로써 '내려오는 모습'이 된 것이다. 신화 속 인물이 그러하고, 꽃들이 그러하고, 사람들이 그러하다. 말을 하려고 죽음을 건너 다른 세계에서 귀환하는 모든 존재들은 아프고 안쓰럽다. 가려진 것들, 지워진 것들, 억압된 것들이 되살아나서 전하는 목소리의 보편성을 감안하여 시집 제목을 '내려오는 모습'으로 한 것은 이런 고민 끝에 다다른 길이다. '형상'도 '사람'도 아닌 '모습'이라는 말로, 넋과 영혼의 부피까지도 끌어안으려고 했다. 그렇다고 '모양'은 아닌 '모습'이라는 무난한 단어. 어떤 태도. 어떤 자세. 어떤 윤리. 무난하다고는 하지만 정말이지 긴 고심 끝의 선택이었다.

첫 시집을 읽은 독자들이 가끔 역자에게 전하는 말이 있었으니, 시들이 이미지는 날 것으로 살아 있는데, 문장 호흡이 거칠어서 어렵다는 것이다. 맞는 말이다. 첫 시집에는 문법적으로 완결된 문장이 아니라 끊어지고 토막 난 파편들이 많다. 시인은 의도적으로 파편화 전략을 구사했다고 한다. 세 번째 시집에 이르러 시인은 한결 편안한 방식으로 이야기를 건넨다. 시인은 분명, 어느 시점에서 시의 움직임을 생각했다고 하는데, 그 움직임이란 "정지된 시간"(stilled time)을 종이 위로 옮겨 오는 어떤 에너지를 말한다. 정지된 시간은 서정시의 화자가 계속해서 돌아가게 되는 어떤 멈춤의 시간, 기어이 망각에서 꺼내 다시 말하게끔 만드는 그 휴지의 시간, 움직이는 에너지가 피어나는 고요한 머무름의 시간이다.

그 시간은 단순히 죽은 영혼이 휘발하는 시간도 아니고, 시의 화자가 지나온 세계의 실제적인 모습을 담아 비추는 시간이다. 그래서 글릭의 시 세계에서 큰 몫을 차지하는 '영혼'은 단순히 육체에 상반되는 개념이 아니다. '넋'이기도 하고, 한 단어로 말해야만 실감이 잘 살아나는 '영'이기도 하고, '정신'이기도 하다. 현실 너머를 바라보며 꿈을 꾸는 인간의 갈망이기도 하고, 실제로 악몽에 짓눌리는 물리적인 꿈의 자아, 비명을 지르다 깨어나는 그 목소리이기도 하다.

글릭에게 육체와 영혼의 관계는 휘트먼(Walt Whitman)의 시에서 우리가 마주하는 둘의 관계보다 더 복잡하다. 휘트먼의 〈나 자신의 노래〉에서 그처럼 빈번히 호출하는 육체와 영혼은 일차적으로 살아 있는 건강한 인간 안에 깃든 두 요소를 분방하게 부르는 것이지만, 글릭의 시에서 '육'(肉)과 '영'(靈)은 생과 사를 넘나드는 어떤 에너지이자 움직임이다. 천상에서, 지하 세계에서, 이 현실의 세계 속으로, 혹은 이 세계에서 천상으로, 혹은 지하로, 목소리들이 이동하면서 만들어 내는 영의 움직임이 만드는 무늬들.

많은 평자들이 글릭 시에 독특하게 드리운 이 무늬, 밝음보다는 어두움이 더 많이 깃든 무늬를 '절망'과 연결 짓는다. 가령, 불행한 결혼 생활이 드리운 절망, 사회적 현실들, 하지만 평자들이 글릭의 시를 절망적인 현실에서 내지르는 소리라고 해석할 때, 막상 시인 글릭은 평온하다. 글릭은 자신의 시가 그렇게 읽히는 것을 거부한다.

오히려 시인 자신은 계속해서 스스로에게 질문한다고 한다. 내가 충분히 깊이 들어왔는지? 충분히 복잡한 방식으로, 행복과 비참, 열락과 죽음이 동시에 깃드는 이 세계의 그 심오한 층위를 제대로 응시했는지. 그래서 어쩌면 글릭의 시가 가장 비참하거나 가장 절망적인 시간대, 혹은 가장 충일하고 다정하고 행복한 시간대에 대한 충실한 재현에서 살짝 비켜서서, 긴 시간의 흐름을 되짚어 상기하는 기억의 회로 안에서 에너지가 만들어지고 이동하는 것인지도 모른다. 앞서 "정지된 시간"이라고 표현한 그 시간, 그 기억의 단층이 글릭을 단단한 서정의 목소리를 지속적으로 지탱하는 시인으로 만든 힘인지도 모르겠다는 생각이 든다.

이 시집은 시인 글릭을 다른 방식으로 유명하게 만들기도 했으니, 바로 글릭에게 "아이를 미워하는 사람"(child hater)라는 오명을 안겨 준 것. 바로 첫 시, 〈익사한 아이들〉 때문이다. 시는 아주 엄정하고 매운 단언으로 시작한다. "보세요, 그 애들은 판단력이 없어요. / 그러니 물에 빠져 죽는 거, 당연한 일인지도" 이 말을 말 그대로 해석하면 익사한 아이들에 대한 시인의 가차 없는 비난으로 들릴지

모른다.

보세요, 그 애들은 판단력이 없어요.
그러니 물에 빠져 죽는 거, 당연한 일인지도,
우선 얼음이 아이들을 끌어들이고,
그 다음, 겨울 내내, 아이들 털목도리가
가라앉는 아이들 뒤에 떠다니고,
그러다 아이들이 조용해지네요.
그리고 연못은 겹겹의 어두운 팔로 아이들을 들어 올리네요.

하지만 죽음은 아이들에게 다르게 오는 법,
시작만큼이나 말이지요.
아이들은 늘 눈이 멀어 있었고
둥둥 떠다녔던 것 같아요. 그러니
나머지는 다 꿈으로 온 것 같아요, 그 램프도,
테이블과 아이들 몸을 덮었던
그 근사한 하얀 천도.

그래도 아이들은 자기 이름을 듣네요,
연못 위로 미끄러지는 유혹처럼;
뭘 기다리고 있는 거니,
집으로 와, 집으로 와, 시퍼런
가없는 물속에서 길을 잃었네.

〈익사한 아이들〉 전문

그렇게 매몰차게 시작한 시는 연못에서 죽은 아이들이 수면 위로 떠오르는 겨울 연못 풍경을 그린다. 냉정한 관찰자의 시선으로 마치 어떤 사건을 조사하는 수사관이 혀를 끌끌 차듯, 죽은 아이들을 그리고 있지만, 시를 가만 읽어 보면, 아이들이 빠져든 그 연못의 위험이란 것이, 실은 우리가 빠지곤 하는 이 세계의 수많은 함정들과 별반 다르지 않다는 걸 알게 된다. 같은 익사라 하더라도 죽은 모습은 다를 것이고, 죽음은 각자 아이들에게 다른 방식으로 온다. 그 아이들을 삼켰다가 들어 올리는 연못의 기묘한 품이라니, 겹겹의 어두운 팔로 아이들을 안아드는 연못은 죽은 예수 아들을 안고 있는 피에타 상의 이미지와도 겹쳐진다.

얼핏 보면 냉정하지만, 그래서 "아이를 미워하는 사람"이라는 무섭고도 부주의한, 가혹한 닉네임을 시인에게 안겨 준 시지만, 다시 생각해 보면 실은 이런 비극이, 이 세상에 얼마나 많이 있는가. 한순간도 가만히 있지 않는 아이들은 늘 눈이 멀어 있는 존재, 맞다. 어디가 위험한지 어른들이 경고하더라도 아이들은 어떤 대상에 마음을 쉽게 빼앗긴다. 아이들의 죽음이 그처럼 갑작스러운 것도 아이라는 시절이 갖는 그런 특징과 관련이 있다.

하지만 죽을 줄도 모르고 죽으러 가는 것이 어디 아이뿐이랴. 쉽게 마음 뺏기는 것은 생명 가진 모든 존재의 기운이기도 하다. 하여, 둥둥 떠다니는 아이의 시선은 실은 이 세상 수많은 존재들의 시선이기도 하다. "연못 위로 미끄러지는 유혹(lures)"은 수많은 어부들을 유혹한 사이렌의 노래이기도 하니까 말이다. 이 단어를 '미끼'로 보는 역자도 있는데, 그보다는 유혹이 아이를 죽음으로 이끄는 그 기운을 보다 더 선명하게 말해 주는 것이라 생각해서, 또 수많은 어부들을 죽게 만든 사이렌의 노래를 생각해서 나는 '유혹'이라고 옮겼다.

내 읽기를 뒷받침이라도 해 주듯, 시인은 시의 말미에 이탤릭체로 그 노래를 더 실감나게 들려준다. 그리고 그 노래를 들으면서 우리는 죽음이 주는 절망보다 죽음이 주는 다른 층위의 평안을 떠올린다. 이 현실 세계에는 아이를 기다리는 엄마, 영원히 울고 있는 엄마가 있겠지만, 또 다른 층위에선 아이는 죽음이 부르는 노래를 듣고 더 먼 평안으로 들어간 거라고, 조금 빨리, 조금 빨리 들어간 것일 뿐, 아이는 죽음 안에서 평안할 거라는 것을 우리는 안다.

하지만 그렇다고 하여 죽음의 평안만 남은 것이 아니다. 늘 그렇듯이 모든 애도는 남은 자의 몫이고, 시인이 전하는 마지막 노래는 아이를 기다리는 어미의 지극한 슬픔과 죽음의 신으로 분한 사이렌의 유혹이 함께 어려 있다. 이 마지막 연에 이르면, 우리는 때 아닌 죽음이 우리에게 가져다주는 놀라운 충격과 절망, 슬픔, 그 너머의 어떤 움직임을 동시에 절감한다. 시인 글릭은 여기서도 어떤 기묘한 평정의 방식으로 시인 자신이 추구한 "방정식"(equation)을 완성한다. 아이를 미워하는 자가 아니라, 이 세계를 정확하게 바라보는 자의 시선으로. 이 세계에는 생명 가진 존재들의 피할 수 없는 죽음이 있고, 그 죽음을 끌어안는 이들의 눈물이 있고, 그 죽음을 품는 자연이 있다는 것. 슬픔과 기다림, 생명 가진 존재의 필연적인 행로를 아는 묵묵한 시선이다.

한 편의 잔혹 동화로 문을 여는 시집이지만 《내려오는 모습》은 두 번째 시집 《습지 위의 집》에서 보여 주던 장면들이 많이 겹쳐진다. 에덴동산에서 시작한 아담과 이브가 가족을 이루며 사는 모습이 연작시 〈정원〉에서 펼쳐지고, 추진력 있는 남자와 품는 여자의 사랑 이야기(〈릴 미술관〉)가 이어진다. 탄생과 사랑과 매장이 모두 두려움 안에서 진행되지만, 그렇다고 하여 그 두려움이 절망이나 비참으로 묻히지는 않는다. 마을의 떨리는 불빛 속에서 식탁에 하루하루 "묵직하게 놓인 빵과 우유들"(〈정원〉)을 통해 일상이 계속 이어지는 것처럼 이 세계는 두려운 떨림 속에서 한 걸음씩 나아가는 것이다.

다른 한편 이후 시에서 지속적으로 탐색되는 관계에 대한 질문들이 이어진다. 시집의 표제 시 〈내려오는 모습〉 연작 시에서 보듯, 목소리를 얻기 위해서 이 세계로 돌아온 가장 대표적인 존재는 바로 언니다. 자신이 태어나기도 전에 죽은 언니, 죽었지만 부재의 방식으로 여전히 가족 안에서 막강한 영향력으로 언니를 시인은 거듭 호출한다. 이 작업은 언니로 인해 빼앗긴 자기 사랑, 언니로 인해 보호받지 못한 자신의 이름을 되찾기 위한 응시의 시선이다.

1부 〈정원〉에 이어지는 2부 〈거울〉에서 그 응시의 시선은 혼인 관계 안에서 빚어지는 관계에 집중된다. "거울 속 당신을 바라보며 나는 궁금해"로 시작하는 2부의 표제시 〈거울〉에서 시인은 면도하는 남자를 보면서, 남자의 아름다움에 찬탄한다. 하지만 그 남자는 현실에서는 모질고 아픈 대상이기도 하다. 그래서 사랑에 눈멀어서 열망하는 어떤 형상이 아니라 "피 흘리는 한 남자로" 그를 바라볼 때, 시인은 결혼 행진곡의 환상이 깨지고 비틀어진 현실의 모습을 차분히 바라보는 힘을 얻는다. 도저한 공허함 속에서도 그 공허를 걸어갈 수 있게 하는 것은 바로 그런 힘이다.

부재하는 언니가 현실의 가족 관계에 드리운 그림자 외에도 시인의 부모님의 자전적인 결혼 생활과 시인의 어린 날이 실감나게 반영되는 시들은 어떤 이미지들 안에서 질문과 대답을 거듭한다. 글릭에게 시를 통해 다시 돌아온 목소리는 어떤 일이 일어났는지 선명하게 보여 주는 사실적 재현으로서의 기억을 반추하지 않는다. 조각조각, 어떤 이미지들을 이으면서, 시인은 가족 관계 안에서 각각의 등장인물들을 발랄하게 되살려 낸다. 좋아하고 싫어하는 선호 관계보다는 냉정한 분석가의 입장이 되어 바라보는 과거의 시간들, 정지된 시간들. 긴 침잠의 시기를 거치고 떠오른 다양한 이미지들은, 자연 세계와 인간의 자잘한 일상들을 이으면서 고통과 무심과 상처와 인내들을 다채롭게 새긴다.

연작 시 〈갈망에 바치다〉는 어린 시절, 조부모님이나 부모님과의 관계 안에서 형성되는 아이의 자아에 대한 탐색이다. 부모에게 사랑받고 싶은 욕구, 아버지의 딸의 유대감, 어머니의 신실한 사랑, 이런 갈망이 충족되는지 혹은 허기진 상태로 남아 있는지를 비추는 시는, 이런 것들이 성장한 후 남녀 관계에서 빚어지는 관계의 여러 양상들을 보여 주는 씨앗이 된다는 것을 보여준다. 그리고 어느 정도는 시인은 순명한다. 마치 정해진 길을 걷는 듯이 갈망과 허기 사이 진자 운동하듯 움직이는 그 에너지의 한계를 알고 있는 듯. 인간이 걷는 많은 길은 실은 운명을 얼마만큼 수긍하는가에 달려 있다는 듯이 말이다.

그 점에서 이 세계는 수많은 '내려온 존재들'이 함께 득시글득시글, 오밀조밀, 목소리를 얻어서 살아가는 장인가? 우리는 그 죽음들이 귀환하여 들려주는 목소리 안에서 살아가는 존재인가? 3부 〈비통한 노래〉에 이르러서 더욱 명확해지는 가을과 겨울, 죽음과 상실의 풍경은 그를 암시하는 듯하다. 3부에서 '내려오는 모습'의 한 장면을 선명히 차지하는 여신 '아프로디테'는 글릭이 '정지된 시간' 속에서 응시하는 혼인관계의 남녀를 흥미롭게 비춘다. 단순한 남녀

간의 사랑이 아니라, 우주의 모든 에너지의 근원으로서의 사랑, 새로운 것을 만드는 에너지, 사랑에 깃든 여러 감정들, 갈망과 기쁨, 지루함 등을 모두 포괄하는 여신, 방황하는 남자를 품는 폭넓은 품을 가진 존재, 시인에게 '내려오는 모습'은 이 지상의 가난하고 헐거운 사랑들, 배반과 싫증들을 두루 견디는 존재다. 초기 시에서 배반하고 저버리는 사랑의 지리멸렬이 그려지던 자리에는 순도 높은 이해와 수긍이 들어간다. 이 또한 집요한 응시의 힘이리라.

그리하여 마지막 연작 시 〈애가〉에서 슬퍼하는 여자의 몸속에 완력으로 남자가 들어가고, 이를 신이 지켜보고 있을 때, 그 장면이 폭력적이지도, 슬프거나 암울하지도 않은 것은 에덴동산의 배반부터 시작하여 인류에게 씌워진 어떤 운명의 작용을 고통을 '겪는 자'가 아니라 고통을 '아는 자'의 시선으로 보기 때문일 것이다. 상처 위에서도 새로울 수 있는 것, 그래서 이 번잡한 세상을 하느님이 일어나 바라보았을 때, "하늘에서 바라보는 지구"가 "그 처음에 / 너무너무 아름다웠을 거야"(〈애가〉 연작 시 마지막 〈빈 터〉 부분)라고 하는 데서 독자는 묘한 안도감을 느끼게 되는 것이다.

한 인터뷰의 말미에서 글릭은 시를 쓰지 않을 때, 글을 쓰지 않을 때 무얼 하는지 묻는 질문에서 이렇게 대답한다. "저는 절망하지요. 실패를 계속 생각하다가, 그 생각을 하면서 자러 가지요." 매우 간결하고 재밌는 대답이다. 말하는 사람은 하나도 웃지 않는데 듣는 사람은 웃게 되는 그런 대답이다.

여기서의 절망은 외적인 세계의 비참이라기보다는 시작법을 고민하는 시인의 집요한 내적 성찰을 뜻한다. 시인은 윌리엄 칼로스 윌리엄스(William Carlos Williams)를 언급하면서, 윌리엄스는 새로운 표현 방식과 새로운 언어 구사를 고민하는 사람이지만 자기는 그런 류의 시인은 아니라고 말한다. 처방전에 떠오르는 생각을 날렵하게 이미지로 옮긴 윌리엄스를 생각하면 확실히 글릭은 그런 시인이 아니다.

글릭이 계속해서 인내와 기다림을 이야기하는 것은, 무엇을 어떻게 표현해야 할지, 시인에게 늘 드리우는 그 도저한 방법론적 고민 속에서 절망을 넘어 생각하는 지난한 훈련을 말하는 것이리라. 앞의 두 시집과 뒤이어 나오게 될 그 많은 시집들 사이에서 훌쩍한 계단, 디딤돌의 역할을 하는 세 번째 시집을 옮기면서 나는 엄격한 글릭의 다정한 얼굴을 웃으며 마주한 느낌이다. 성마른 비평가가 재단한 "아이를 미워하는 사람"이 아니라 죽은 아이를 끌어 안고 있는 시인 글릭. 죽은 언니를 끌어안느라 자기를 제대로 보지 못한 엄마를 끌어안고 있는 글릭, 아래로 위로 피에타의 어머니가 된 시인, 죽음에서 귀환하는 목소리들을 함께 듣는 사람. 시인 글릭의 목소리를 찬찬히 듣고 우리말로 옮기던 여름이 그 더위 속에서도 서늘하면서도 행복했던 이유다.